Oetinger

Astrid Lindgren (1907-2002), die Erfinderin der Pippi Langstrumpf, wuchs im schwedischen Småland auf. Die »bekannteste Kinderbuchautorin der Welt« (DIE ZEIT) wurde u.a. mit dem Friedenspreis des Deutschen Buchhandels, dem Alternativen Nobelpreis, dem Schwedischen Staatspreis für Literatur, und dem Hans-Christian-Andersen-Preis ausgezeichnet. Die Geschichte »Pippi Langstrumpf feiert Weihnachten« wurde nach dem Tode Astrid Lindgrens zufällig in den Archiven der Königlichen Bibliothek von Stockholm entdeckt. Sie war 1949 auf der Rückseite eines Bastelbogens – einer Pippi-Anziehpuppe zum Ausschneiden – veröffentlicht worden und dann in Vergessenheit geraten. Weitere Geschichten über Pippi Langstrumpf, das stärkste Mädchen der Welt, sind in Bilder-, Kinder- und Hörbüchern, als Spiel und auf CD-Rom und als Film auf DVD bei Oetinger erschienen.

Katrin Engelking, 1970 in Bückeburg geboren, studierte an der Fachhochschule für Gestaltung in Hamburg und arbeitet seit 1994 als freie Illustratorin. Sie hat bereits zahlreiche Bilder- und Kinderbücher veröffentlicht. Seit einigen Jahren gibt sie den Figuren Astrid Lindgrens ein neues Gesicht. »Katrin Engelkings Bilder verbinden Astrid Lindgrens Welt überzeugend mit der Wirklichkeit ihrer Leser«, schreibt dazu die Zeitschrift *Eselsohr*.

ASTRID LINDGREN

Pippi Langstrumpf feiert Weihnachten

Bilder von Katrin Engelking

Deutsch von Angelika Kutsch

Verlag Friedrich Oetinger · Hamburg

20. Auflage

Originaltitel: »Pippi Långstrump firar jul«
Auslandsrechte (Text) vertreten durch The Astrid Lindgren Company AB, Stockholm, Schweden.
Mehr Informationen unter info@astridlindgren.se

Druck und Bindung: Livonia Print SIA, Jurkalnes iela 15/25, LV-1046 Riga, Lettland
Printed 2025
ISBN 978-3-7891-6823-9

www.astridlindgren.com
www.astrid-lindgren.de
www.oetinger.de

Hast du schon mal von Pippi Langstrumpf gehört, dem stärksten Mädchen der Welt? Dem Mädchen, das ganz allein mit einem Pferd und einem Affen in der Villa Kunterbunt wohnt? Dem Mädchen, das einen ganzen Koffer voller Goldstücke besitzt?

Jetzt erzähl ich dir, was Pippi einmal gemacht hat.
Es war an einem Heiligabend. In allen Fenstern der kleinen Stadt leuchteten die Weihnachtslichter, und an den Weihnachtsbäumen brannten die Kerzen. Alle Kinder waren sehr froh.

Nein, nicht alle Kinder waren froh. In einem Haus in der Winkelstraße saßen im ersten Stock drei kleine arme Wesen in der Küche und weinten. Das waren Frau Larssons Kinder. Pelle, Bosse und die kleine Inga. Sie weinten, weil ihre Mama ins Krankenhaus gekommen war. Ausgerechnet an Heiligabend, das stelle man sich einmal vor! Ihr Papa war Seemann und weit draußen auf dem Meer. Und sie hatten auch keinen Tannenbaum! Keine Weihnachtsgeschenke! Nichts Gutes zu essen! Denn ihre Mama hatte es nicht geschafft, etwas einzukaufen, bevor sie krank wurde. Kein Wunder, dass die Kinder weinten! Alles war furchtbar traurig, wie es manchmal sein kann.

»Das ist der traurigste Heiligabend, den ich jemals erlebt habe«, sagte Pelle.

N
W
O

Genau in dem Augenblick, als er das gesagt hatte, ertönte ein entsetzliches Getrampel im Treppenhaus. »Was ist denn das?«, rief Bosse. »Das klingt aber komisch!«
Es war jedoch kein bisschen komisch. Schließlich ist es nicht komisch, dass es klappert, wenn ein Pferd eine Treppe hinaufsteigen soll!
Es war Pippis Pferd, das da angetrampelt kam. Und auf dem Pferd saß Pippi. Und auf Pippi saß ein Tannenbaum. Er saß in ihren Haaren. Er war voller brennender Kerzen und Fähnchen und Bonbons. Es sah aus, als sei er direkt aus ihrem Kopf gewachsen. Vielleicht war er das auch, wer weiß?
Herr Nilsson, Pippis kleiner Affe, war auch dabei. Er flitzte vorneweg und öffnete die Tür.

Pelle, Bosse und die kleine Inga sprangen von der Küchenbank und starrten ihn an.

»Warum guckt ihr so?«, fragte Pippi. »Habt ihr noch nie einen Tannenbaum gesehen?«

»Doch, aber noch nie ...«, stotterte Pelle.

»Na also«, sagte Pippi und sprang vom Pferd. »Die Tanne ist einer der Bäume, die es in Schweden am häufigsten gibt. Und jetzt wollen wir tanzen, dass sich die Balken biegen. Aber zuerst ...«

Sie warf einen Sack auf den Fußboden, und aus dem Sack holte sie viele Pakete und viele Beutel hervor. In den Beuteln waren Apfelsinen und Äpfel, Feigen, Nüsse, Rosinen, Bonbons und Marzipanschweine. Und in den Paketen waren Weihnachtsgeschenke für Pelle, Bosse und die kleine Inga. Pippi stapelte all die Pakete auf der Küchenbank.

»Noch kriegt ihr keine Weihnachtsgeschenke«, sagte sie. »Erst wollen wir mit dem Baum tanzen.«
»Du meinst wohl, dass wir um den Baum herumtanzen wollen«, sagte Pelle.
»Genau das meine ich nicht«, sagte Pippi. »Könnt ihr mir erklären, warum Weihnachtsbäume niemals auch ein bisschen Spaß haben dürfen?

Nie dürfen sie mittanzen. Sie müssen bloß stocksteif dastehen und glotzen, während die Leute um sie herumhüpfen und Spaß haben. Die armen, armen kleinen Weihnachtsbäume!«

Pippi verdrehte die Augen, um den Tannenbaum auf ihrem Kopf sehen zu können.

»Dieser Weihnachtsbaum soll jedenfalls mitmachen und sich amüsieren dürfen, das hab ich mir in den Kopf gesetzt«, sagte sie.

Wenn eine Weile später jemand in Frau Larssons Fenster geschaut hätte, dann hätte er einen merkwürdigen Anblick gehabt. Er hätte gesehen, wie Pelle, Bosse und die kleine Inga umherhüpften und tanzten.
Er hätte auch Pippi tanzen gesehen, Pippi mit dem Tannenbaum im Haar. Pippi stampfte mit ihren großen Schuhen, Pippi sang mit kräftiger und fröhlicher Stimme: »Hier tanze ich mit meinem kleinen Tannenbaum, ich tanze, so lange ich kann!«

»Noch niemals hat ein Weihnachtsbaum solchen Spaß gehabt wie dieser«, sagte Pippi zufrieden, als sie, Pelle, Bosse und die kleine Inga eine Weile später um den Weihnachtstisch herumsaßen.

»Nein, das glaub ich auch nicht«, sagte Pelle und steckte sich eine Feige in den Mund.

»Und noch nie haben wir Heiligabend solchen Spaß gehabt«, sagte die kleine Inga und verschluckte ein ganzes Marzipanschwein in einem Rutsch.

Ja, und dann war es Zeit für die Weihnachtsgeschenke! Was für eine Freude, als Pelle seine Pakete öffnete und ein Flugzeug und eine Eisenbahn fand, und Bosse bekam eine Dampfmaschine und ein Auto, das auf dem Fußboden herumfahren konnte, wenn man es aufzog, und Inga eine Puppe und ein kleines Herz aus Gold!
Das Licht der Weihnachtsbaumkerzen schimmerte so sanft auf den fröhlichen Gesichtern der Kinder und allen Weihnachtsgeschenken. Bestimmt war auch der Tannenbaum froh. Er war ja der erste Weihnachtsbaum, der mittanzen durfte!